"그래서 내가 당신과 함께할
이름을 기억해주세요"

2024. 가을.
이 이야기의 첫 시작점에서
한정현

사랑과 연합 0장

wefic

사랑과 연합 0장

한정현

위즈덤하우스

차례

0. 절반의 존재

“겨울이군, 햇빛과 음악을 찾게 되는 걸 보면.”

입김도 얼어버릴 것 같은 바람에 빗자루를 쥔 루비의 손이 금세 붉게 물들었다. 물줄기처럼 퍼져나간 가느다란 손등 위의 주름이 오늘따라 유독 거칠어 보이는 듯했다. 하지만 루비는 이내 자신이 무심코 내뱉은 그 말에 대해 다시 생각했다. 음악이라, 그러나 음악은 백 년 전부터 이 게토에서는 더 이상 들리지 않게 되었다. 그것이 중앙정부의 방침이었다. 역사를 예상하는 건 어차피 누구도 할 수 없는 일이건만, 이럴 줄 알았으면 좀 더 많이 들어둘 것을 그랬나 싶기도 했다. 많은 것을 자주 금지시키는 중앙정부지만 음악마저 금지할 줄은 몰랐던 것이다. 물론 예상했다고 해도 루비 같은 존재가 막을 수 있는 건 아니었겠지만.

기이하게도 무언가의 부재는 그런 식으로 채워지지 않았다. 얼마를 만났건, 들었건, 읽었건……. 항상 시간은 지금 현재 그것을 계속 하고 있느냐만을 따져 묻는 것 같았다. 이럴 때마다 루비는 꼭 자신이 인간이 된 것만 같다고 느꼈다. 루비가 만난 인간들은 언제나 현재를 살면서도 미래를 갈망했고 정작 미래에 도달하면 과거를 그리워했다.

하긴, 아무리 루비가 자신을 스스로 인간과 비슷하다고 여겨도 절대 인간으로 인정받을 수 없다는 걸, 이제 잘 알고 있었지만…….

마음에 남겨진 음악 소리를 쫓던 루비는 다시 빗자루를 고쳐 잡으며 고개를 가볍게 저었다. 생각에서 벗어나자 겨울의 한기가 부쩍 크게 느껴졌다. 추위를 느끼지 못하는 건 아니지만 어떤 면에서는 이제 눈과 바람이 없는 계절이 좀 어색하기도 했다.

백여 년 전쯤부터였을까. 루비는 중앙정부의 종족 이주 정책에 따라 이곳, 인간들이 '게토'라고 부르는 곳으로 이주되었다. 루비와 같은 종족들은 이곳을 비가(悲歌)의 땅, 눈물의 노래마저 얼어붙는 곳으로 불렀다. 루비는 제한된 구역 안에서만 살아야 하는 하프엘프였다. 좀 더 정확히 말하자면 반인반엘프. 지구 어딘가에는 꽃도 피고 낙엽도 지는 곳이 있다는 걸, 차라리 몰랐다면 좋았을 것이다. 이제 절반의 존재인 루비가 그런 곳에 가려면 유료로 발급받아야 하는 통행증이 필요했다. 중앙정부가 일명 '절반의 존재'라고 불리는 하프엘프나 하프드래곤과 같은 존재들에게 이런 기준을 제시한 것은 인간이 아니므로 예측할 수가 없고, 그만큼 통제가 어렵다는 이유에서였다. 예측 불가함, 그것은 인간들이 갖는 커다란 두려움 중에 하나라고 들었다. 무엇이든 예측하고 통제해야만 안심하는 존재들, 막상 가장 예측 불가능한 것은 인간이었다. 그 예측 불가능함 때문에 지구는 많은 전쟁과 분란을 겪었다. 아이러니한 것은, 그럴수록 절반의 존재들이 겪는 차별도 강력해졌다는 점이다. 인간은 자신들의 불안이 높을수록 타 존재를 의심하는 방식을 반복했다. 이제 절반의 존재들은 교육에도 제한이 발생하여 전문직은 꿈도 꿀 수 없었다. 그러다 보니 대부분은 루비처럼 자영업에 종사했다. 그러나 자영업을 시작하는 존재들은 많아도 이걸 끝까지 해내는 하프엘프들은 거의 없었다. 교육의 경험도, 사회적 경험도 없으니 세상에 섞이지 못했고 대부분은 그저 홈리스가 되기 십상이었다. 허가증을 받아 민박집을 운영할 수 있게 된 루비는 그나마 운이 좋은 편이었다. 관리자에게 많은 세금을 바치고도 갖은 이유로 터전을 잡지 못해 결국 하프드래곤에게 잡아먹히는 게 대부분의 절반의 존재가 감당하는 삶의 무게였다. 비슷한 처지들끼리 치고받으며 인간이 던져준 나머지를 나눠 먹어야 하는 시간들. 이럴 거면 왜 절반의 존재들을 양산해낸 것인가 싶지만 인간의 의중은 인간도 모르는 것 같았다.
루비는 그런 궁금증이 들 때마다 웬만한 인간들보다 더 인간의 역사를 잘 아는 자신의 할머니 비소가 떠올랐다.

비소의 말에 따르면 2천 년 전, 인간들은 비인간 존재에 대한 애정을 공표하며 인류세라는 단어가 얼마나 허황된 것인지를 입증하겠다고 선언했다. 그러고는 타 종족과의 교배를 연구했다. 당시 엘프족의 수장은 교배와 환대는 같은 단어가 아니라며 반대했으나, 그 열정적인 연설을 마친 후 길을 건너다 원인을 알 수 없는 교통사고로 절명하고 말았다. 인간들은 자동차의 급발진을 원인으로 내세웠으나 인간의 역사에서 이런 식으로 사라진 반제도적인 인물이 많다는 것은 두고두고 생각해봐야 할 문제였다. 그러나 엘프족의 역사에선 그런 비극이 거의 없었기에 엘프들은 이 일에 인간의 어떤 개입이 있을 거라는 생각 자체를 하지 못했다. 그렇게 우왕좌왕하는 사이 엘프들은 삶의 터전을 상실해갔다. 그때 한 연구소에서 엘프를 대상으로 한 공고를 게시했다. 작은 실험에 참여하면 큰돈을 준다는 것이었다. 합법적인 실험이며 먹고살 돈을 준다는 말에 많은 엘프들이 인간들의 연구소로 흘러들어갔다. 물론 그 실험은 인간이 주체가 된 타 종족과의 교배 실험이었다. 이것이 합법인지 아닌지는 누구도 모른다. 루비의 할머니인 비소도 그곳에서 태어났다고 들었다. 물론 그 실험에 지속성이란 없었다. 그곳에서 양산된 많은 절반의 존재들은 보호받지 못했고 루비와 같은 하프엘프들은 오랜 시간 가난과 무관심,

무관심을 넘어선 혐오 또한 당연히 여길 수밖에 없었다. '하지만 알았다고 한들…….' 언제부터인가 루비는 어떤 분노 앞에서 이런 생각부터 들었다. 체념하지 않으면 살 수가 없으니 그런 건지도 몰랐다. 이런저런 생각에 잠겨 있던 루비는 어깨를 으쓱해 보였다. 누구에게 하는 것이 아닌, 자기 자신에게였다. 이제 게토 너머는 아무리 그리워해도 갈 수 없는 곳일 뿐이었으니 이런 추억에 빠질 시간에 차라리 손님이 빠져나간 민박집을 정리해두는 편이 더 나을 것이다.

"오늘은 이곳에도 빛이 들겠어."

눈을 쓸어낸 루비가 막 객실 정리를 하기 위해 민박집 안으로 몸을 돌렸을 때였다. 루비는 마당 한구석에서 덜덜 떨고 있는 하프드래곤 '수'를 바라보았다. 수는 중앙 관리인의 반려 드래곤이었으나 노령이라 그런지 최근엔 방치되다시피 하는 것 같았다. 루비는 집으로 들어가 손님들이 남긴 조식을 가지고 나왔다. 그래봤자 마른 호밀빵일 뿐이었으나 밥도 제대로 챙겨주지 않는 것인지 수는 제법 맛있게 먹어치웠다. 이러다 유기하는 것 아닌가, 루비는 그가 걱정되었으나 내색하지 않았다. 식사를 끝낸 수는 느릿한 날갯짓을 펄럭이며 덧붙였다. 루비, 오래 살면 좋은 점이 하나 있어. (좋은 점이라니, 눈물도 얼어버릴 만큼 추운 이 게토에 갇힌 꼴이 되는 거 말인가, 루비는 역시 속으로만 말을 삼켰다.) 바로 역사의 흐름을 알아서 미래를 예측할 수 있는 것이지. (하지만 수, 하프드래곤들은 원래 예지력이 있어. 너도 이미 알잖아. 악마적인 예지력이라 문제지, 이 말도 루비는 역시 속으로만 했다.) **"너에게 곧 오래 기다린 손님이 당도할 거야. 그는 빛을 등진**

사람이야." 루비는 고개를 갸웃했다. 오늘 올 사람이 있던가? 하지만 아무리 생각해도 없었다. 지금은 비수기였다. 루비가 고개를 다시 들었을 때 수는 이미 사라지고 없었다. 이리 추운 날엔 민박집 안에서라도 쉬라고 말하고 싶었지만 수의 자존심을 상하게 하는 일 같아서 입 밖에 낸 적은 없었다. 인간사에서 드래곤은 참으로 영물이었건만 인간은 자신들이 원하는 모습이 아닌 것에겐 참으로 가혹하기만 했다. 수가 사라진 곳이 눈바람으로 덮이는 것을 보던 루비가 막 민박집 안으로 몸을 돌리려 했을 때였다.

"저 늙은 드래곤에게 밥 줘봤자야. 잡아먹힌다고. 저 악마 같은 예지 능력이든 아니면 실제 배고파서 눈이 홱 돌아서든. 같은 종족인 나에겐 박하면서 지 잡아먹을 놈들은 못 보는 년."

루비는 잠시 숨을 골랐다. 며칠 전부터 이 땅에서 보이던 어린 하프엘프였다. 아마 여기서 나고 자랐을 수도 있다. 루비보다도 어렸으니까. 그러나 언제나 눈이 움푹 파인 채, 무언가에 질색된 사람처럼 얼굴빛이 확연하지 않았다. 루비는 언젠가 수가 했던 이야기를 떠올렸다. '그 아이는 저주를 받았어. 그래서 그렇게 된 거야.' 저주라니, 루비의 질문이 떨어지기도 전에 수의 말들이 흘러나왔다. 수의 의지는 아닌 듯해서 오히려 신뢰가 가는 말들이었다.

'루비, 잘 들어. 너네 하프엘프족은 자살을 하면 그다음 세대가 저주를 받아. 저 애의 할머니가 자살을 했지. 결코 어떤 것을 이루지 못하게 되는 저주야. 그 어떤 것이 뭐냐면……'

하지만 어린 하프엘프의 사정을 그날 루비는 끝까지 듣지 못했다. 수가 반려인이 오는 신호를 느끼고 금세 자신의 집으로 날아갔기 때문이었다. 어차피 루비는 그 이야기를 다 듣지 않아도 된다고 느꼈다. 루비가 보기에 저주 때문만은 아닐지도 모른다고 생각했다. 아무도 자신을 챙겨주지 못하는 환경이 가장 힘들었을지도 모르니까. 루비는 현관 안쪽에 놓아두었던 빵 바구니를 다시 들고 나왔다. 역시 어제 인간 손님들이 손도 대지 않고 남긴 빵이었다. 그들은 이런 마른 빵을 먹을 이유가 없었으나 이곳 사람들에겐 없어서 못 먹는 거였다. 어린 하프엘프는 낚아채듯 빵을 가져갔고 누가 쫓아오는 것도 아닌데 맹렬한 기세로 도망치듯 눈길을 달리기 시작했다. 루비는 어린 하프엘프의 발이 새빨개지는 것을 보고 작게 한숨을 내쉬었다. 무슨 저주길래 자신을 저렇게 학대하는 것으로 마무리해야 하는 걸까……. 하지만 계속 생각에 잠기기엔 날은 아까보다도 더 섬뜩하게 차가워지고 있었다. 루비는 얼른 민박집으로 들어갔다. 게다가 수 말대로 손님이 온다면, 남은 온기라도 지켜야 했다. 그건 좋은 일이었다.

어제 들어왔다 나간 손님은 꽤나 점잖았다. 루비가 가장 좋아하는 존재감 없는 유형. 루비는 얼른 침대 위로 올라가 이불을 그러모았다. 이내 바닥에 떨어진 수건을 통에 집어넣으려 고개를 숙였을 때였다. 어라. 루비는 눈을 가늘게 떴다. 사실 이곳 민박집의 장점은 딱 하나였다. 손님들이 존재감을 드러내지 않는 편이라는 것. 내비게이션에 잡히지 않는 길이 손금만큼이나 많은 지역이라 이곳에 오는 손님들은 대부분 난민이거나, 신용불량자거나 뜻밖의 죽음을 각오한 모험가들이었다. 민박집 입장에선 편리한 면도 있었다. 대부분 흔적을 남기지 않기 때문이다. 그런데 이게 웬걸. 이번 손님은 탁자 위에 어젯밤의 흔적을 남겨뒀다. 이런 건 제도에서 벗어나지 않은 인간만이 하는 짓인데…….

벽장 속에 내 기억을 묻어두었어요. 모두 착한 사람들의 이야기…… 일 뿐이지만…….

루비는 아무도 없는 게 확실한데도 주위를 한번 둘러봤다. 벽장과 착한 사람과 기억? 루비의 손이 가볍게 떨려왔다. 내용의 난해함 때문이 아니었다. 루비는 얼른 문의 걸쇠를 다시 한번 확인했다. 하프엘프들과 같은 절반의 존재들은 중앙정부의 정책에 따라 고등 언어교육을 제한받고 있었다.

루비가 이런 글을 읽을 수 있어서는 안 되었다. 루비는 잠시 숨을 골랐다.

사실 루비는 모든 종족의 언어를 다룰 수 있는 능력을 가지고 있었다. 하프엘프에겐 인간의 시선에선 가늠할 수 없는 엘프만의 능력치가 하나씩 있었다. 아무래도 루비에겐 그것이 언어인 모양이었다. 뭐 조상이 자살하고 말고 해서 내려지는 저주까지 갈 것도 없이 이미 저주받은 인생이었다. 루비는 최근에 와서야 자신이 가져선 안 될 능력을 가졌다는 걸 인정했다. 인간과 함께 살았을 무렵에는 그 능력치를 발휘해서 소설이라는 것도 썼다. 인간보다 오래 사는 하프엘프의 능력을 이용하여 인간의 역사, 특히 여성사와 퀴어사 소설을 썼다. 무슨 말을 해도 결코 바뀌지 않는 인간들을 보면서 그때도 이미 자신의 능력이 정말 쓸모 있는 것인지 후회하곤 했으나, 그땐 적어도 법적인 면에서는 자유로웠다. 그리고 이제 법 바깥으로, 제도 바깥으로 밀려나고 나서야 알았다. 그 안에 있다는 게 얼마나 안온한 것인지. 항상 그 바깥에 있는 국가폭력 피해자나 여성, 퀴어와 같은 소수자의 삶을 쓰면서도 그 안에 있을 땐 온전히 실감하지 못했다. 가끔은 자신이 절반의 존재인 것도 잊을 정도였으니. 하지만 이젠 이웃의 누군가가 이 능력을 눈치채기라도 한다면…… 그런 생각이 들자 불안감에 몸이 다 떨려왔다. '그러게, 비소도 그때 이런 기분이었을까, 그러니까 **그때, 그 사랑 그때.**' 그러나 곧 루비는 고개를 저었다. 지금은 자신을 걱정할 때였다. 누가 밀고를 한다면, 그러면 아마도 연구소나 실험실로 보내질 거였다.

언제부터인가 루비는 이 게토에서의 삶에 대해 이중적인 마음이 들었다. 자유롭게 국경을 넘던 예전이 생각나면서도 한편으론 게토 밖에서 쏟아지는 기이한 시선이 두려웠다. 사실 루비뿐 아닌 모든 하프엘프가 그럴지도 모른다. 언제나 루비를 찾아오는 그 어린 하프엘프처럼. 듣자 하니, 태어나면서부터 쭉 이곳에서 살아온 하프엘프 3세대들은 대부분 게토, 그러니까 이 눈물도 얼어버리는 땅 밖에 나가면 죽는 줄 안다고 했다. 그런가 하면 루비보다도 더 오래 게토 밖에서 자유롭게 살던 하프엘프들은 종종 탈출을 시도한다고 들었다. 자유란 그런 거였다. 모르고 살면 없는 거였지만 한번 알게 되면 그 이전으로 돌이킬 수 없는. 하지만 막상 1세대 하프엘프들도 통행증이 없으면 게토 밖 어디로도 갈 수 없었다. 게토 바깥에서 그들은 없는 존재였다. 할 수 있는 것이 없었다. 그래서일까, 최근에는 탈출을 시도하는 자들을 밀고해 역추방시키는 것이 유행처럼 번지고 있다고 들었다. 포상금으로 중앙정부가 신선한 야채를 준다지? 이런 황량한 곳에서 신선한 야채는 돈이 있어도 구할 수 없었다. 뜨끈한 양배추 수프와 혀끝에서부터 달큰해지는 멜론의 맛을 상상하던 루비는 얼른 메모를 반쯤 구겨서 곧장 휴지통으로 던져 넣었다. 통행증을 살 수 있는 돈을 모을 때까진 절대 딴생각 말아야지. 하지만 왜였을까. 못내 아쉬워진 루비는 다시 구겨진 메모지를 가지고 왔다. 그러고는…… 메모지 중반부터 시작되는 다소 긴 글을 읽기 시작했다.

전생엔 폭사(暴死)를 했다……. 이제 부디

인간이 되어 이 기억을 내려두고 싶었으나…….

루비는 자신이 왜 이 메모를 당장 버리지 않는지, 스스로를 이해할 수 없었다. 인간이라면 혹 자신이 망각한 전생이 아닐까 생각해볼 수도 있겠지만, 천 년을 살아야 하는 루비에게 전생의 개념이 있을 리가. 한마디로 루비와는 상관없는 이야기였는데…….

당신이 그 나라로 간 것은 죽기 위해서라고 했지요. 당신이 그토록 사랑했던 이는 그 나라에 저항하겠다며 밤에 배를 탔다가 이후 반동분자로 잡혀 고문실에서 죽었다고요. 그의 시신이라도 찾고 싶었던 당신은 그 나라로 갔다가 강력한 지진을 만나게 되었지요. 몇백 년의 시간 속에서도 만나본 적 없던, 너무나 강력하게 느껴지는 진동. 그때를 사람들은 관동대지진이라고 부르더라고 저에게 말해주었습니다. 당신 또한 불사는 아니니 죽을 뻔하였다고도요. 하지만 당신은 그 순간, 내심 그걸 바랐다고 하였습니다. 당신은 인간의 기준에 어긋난 외모로 살아온 세월이 쉽지 않았다고 했지요. 인간들에게 그건 몹시 거슬리는 일이었으니. 그래서였을까요, 당신은 인간이 조금이라도 자신을 사랑하는 기색을 내비치면 걷잡을 수 없이 빠져들었다고 했습니다. 다시 태어나면 인간이길 소망했다고도 했습니다. 참, 모든 것이 아이러니하지요. 그리고 소원대로 당신은 그때 정말 죽을 뻔했습니다. 하지만 지진 때문이 아니었어요. 어이없는 일이 일어났습니다. 관동대지진이 일어난 그날, 낫을 든 일본 놈들이 당신더러 조선인처럼 생겼다며 쫓아오지 않았겠습니까. 누가 봐도 조선인이 아닌데 일본 놈들에겐 그저 자신과 다른, 이물감이 느껴지는 존재들은 모두 조선인일 뿐이었던 겁니다. 네, 그래요. 일본인은 마치 기독교인이 유대인을, 유대인이 시온주의자를 증오하듯 조선인들을 죽음처럼 경멸했습니다. 그건 우리 인간이 만든 피의 역사입니다. 그리고 아이러니한 일은 당신 안에서 또 일어났지요. 당신은 힘없이 죽어가는 조선인들을 보니 당신의 종족이 생각났다고 하였지요. 그러자 적어도 그놈들에게 죽고 싶진 않았다고 했지요. 인간이라고 다 같은 인간이 아니다. 당신은 순간 그런 생각이 들었던 겁니다. 그렇게 당신은 빈 우물로 들어가 시체 속에 파묻혔습니다. 가엾은 비(非)제국의 존재들이여. 누군가 당신의 옷을 잡아 소스라쳐 보니 곁에 쓰러진 조선 여인이었습니다. 그녀는 죽기 전 손을 한 번만 잡아달라 했다지요. 그녀의 배를 보니 임신한 게 분명했다고 했죠. 그래요, 당신은 살아서 내게 그 이야기를 해주었지요. 당신은 그 조선인 여성에게 빚을 졌다고 했습니다. 죽고 싶어 그 나라에 갔고, 어느새 '제대로 된' 죽음을 원한다며 처음으로 인간을 가리게 된 당신…….
그리고 그걸 인지한 순간부터 도리어 그 기억을
잊고 싶어 맹렬히 죽음을 원하게 되어버린 당신.
"어쩌면 처음으로 인간을 이해한 건지도 몰라. 그
아이러니를 말이야. 기억하고 싶으면서도 잊고 싶은
그 낙차를." 내게 그렇게 말했지요. 당신은 종종
그때 죽지 않은 이유가 나를 만나기 위해서였던
것 같다고도 했습니다. 그대여, 나의 사랑스러운
종족, 세상에서 가장 추하게 빛나는 아름다운 별의
뒤편. 나는 이제 온전히 당신의 말을 믿고 있습니다.
당신은 인간을 통해 자신을 알게 되었다고 하지만
나는 그 반대입니다. 그러니 당신에게 맡긴 내
가방 속 원고는 벽장에 넣어버리세요. 누군가
발견해줄 거예요. 인간의 역사를 복원하는 것에
이제 미련을 버리기로 했습니다. 남편은 나보다 몇
배의 시간을 더 살아가는 당신이 나만을 사랑해주지
않을 거라고, 어차피 결혼조차 할 수 없지 않냐며

험담했지요. 참, 이상합니다. 진정한 사랑이 어째 끝없는 시간 속에서 한 사람만 사랑하는 것이어야 할까요? 한순간이라도 진심인 적이 없던 사람들은 그런 독점적인 사랑만을 원하는 것일까요. 어차피 결혼이라는 제도에서조차 나도 그도 행복하지 않았는데 말이에요. 남편은 내가 자신을 떠나면 험한 인간들에게 죽임을 당하고 척박한 자연 속에서 배를 곯을 거라 말하지만, 전혀 아니라는 걸 저는 이제 알아요. 그러니 저는 염려하지 마세요. 게토가 없을 뿐이지 나는 항상 세상의 시선 속에, 감시 속에 살아왔습니다. 그러나 이제 함께 그곳을 탈출해서 넓은 세계로 가기로 해요. 경계를 넘으세요, 인간의 역사와 당신의 육체를 벗어나서, 이제는 저와 함께…….

그때 내가 당신과 함께할 이름을 기억해주세요.

기억이라니, 기억이라니.

루비는 혀를 찼다. 인간들이야 워낙 짧은 생을 살다 가니, 유일하게 무한한 기억이라는 것에 집착하곤 했다. 그러나 천 년을 사는 루비에게 기억은 무거운 짐이었다. 루비는 자신이 그 글을 꽤나 흥미로워한다는 걸 알면서도, 인정하기가 싫어서 괜한 시비를 걸고 있다는 생각이 들었다. 글이란 참 신기했다. 안 쓰고 안 읽고 살아도 될 듯 보이지만 또 이렇게 생각을 거듭하게 만드니……. 인간들이 절반의 존재들에게 글을 금지한 것도 이런 이유였겠지만. 어쨌거나 이제 정말 중앙정부에 고용된 민박집 관리원이 올 시간이 가까워지고 있었다.

루비가 메모를 촛불 가까이 가져갔을 때였다. 루비는 잠시 머뭇거렸다. 뒷면에 반쯤 번진 글씨체로 무언가 적혀 있었다.

비소, 나를 기억해주세요…….

루비는 하마터면 메모가 아닌 자신의 손가락을 태울 뻔했다. 비소, 비소. 그 이름을 본 순간 루비는 순식간에 주저앉고 말았다. 곁에 세워둔 양동이의 물이 쏟아졌고, 흥건해진 바닥은 방을 더욱 냉골로 만들었다. 그러나 루비는 아프지도, 춥지도 않았다. 루비는 저 이름을 알고 있었다. 비소, 그러니까 루비의 할머니 비소(悲小). 잠시 숨을 고른 루비는 메모에 뭐라도 더 적혀 있을까 싶어 앞뒤를 꼼꼼히 살폈다. 그리고 그 순간 기억 저편으로 미루어두었던 이야기들이 떠오르기 시작했다. 그래, 분명 비소는 루비에게도 관동대지진 이야기를 한 적이 있었다. 죽어가던 조선인 임산부를 살리지 못한 비소가 가끔 그 기억이 생각나는 밤이면 목놓아 통곡하던 날들도 선명하게 되살아났다. 루비의 몸은 기이한 감정으로 흔들렸다. 대체, 누가 비소를 안단 말인가. 아무리 생각해도 비소를 아는 인간이 아직까지 살아 있다는 건 불가능한 일이었다.

하프엘프치고는 젊은 축에 속하는 루비 또한 이미 보통 인간의 배가 넘는 시간을 살았다. 그런데 비소는? 비소의 삶은 루비조차 셀 수 없을 만큼 많은 이름과 시간을 거치며 만들어졌을 것이다. 역시, 이건 불가능하다. 인간들이 기억과 기록에 집착하는 건 이미 알고 있었지만 오래전 사라진 하프엘프까지 소환될 이유는 없어 보였다. 무엇보다 인간의 기억이라는 건 정확도가 현저히 떨어진다. 그러니 만에 하나 비소라고 해도, 누군가 멋대로 추측해서 꾸며냈을 거다. 아무래도 최근 다시 인간 외 존재에 대한 애정을 표하는 것이 유행이라 그럴지도 몰랐다. 인간은 기이하게도 자신들 외의 존재를 가장 격렬하게 배척할 때 또 가장 열렬히 존중하는 척했으니까. 루비는 조그맣게 한숨을 내쉬었다. 루비는 오랜 시간 민박집을 지켰으나 이런 식의 곤란함은 참으로 오랜만이었다. 어느 순간부턴 돈만 문제없이 입금되면 가리지 않고 손님을 받아왔는데도 말이다.

　루비는 문득 거울에 비친 자신을 바라보았다. 이 또한 오랜만이었다. 자신의 얼굴을 대면하기. 하프엘프들은 외모 때문에 거울을 끔찍해하므로 일생 동안 자신의 얼굴을 마주할 일이 별로 없었다.

　“사라진 사람의 소식과 낯선 얼굴은 항상 반갑지가 않지……”

종족 번식과 제도의 공고화를 위해 동성끼리의 결혼도 반대하고 혐오하던 인간들이 엘프족과의 혼혈에 찬성했던 것은 엘프의 아름다운 외모를 얻을 거라는 집착과 확신 때문이었다. 인간 선조들은 항상 엘프를 아름다운 모습으로만 그려넣었지만, 안타깝게도 엘프족은 인간만큼이나 다양했다. 무엇보다 인간과의 교배에 참여한 엘프족이 생각하는 아름다움은 인간과는 확연히 달랐다. 엘프에게 궁극의 아름다움이란 오랜 시간을 겪은 현자에게서 오는 지혜였다. 그래서 하프엘프의 대부분은 인간의 기준에서 보면 이미 늙은 채 태어났다. 애니메이션에서 보던 아름다움만을 예상했던 사람들은 루비의 얼굴을 보고선 항상 실망한 기색을 감추지 못했다. 그것은 루비가 국경을 넘거나 민박집 밖으로 나가는 걸 두려워하는 이유 중

하나였다. 어린 시절부터 끔찍하게 따라붙은 놀림과 수군거림. 루비가 소설을 썼던 것도 얼굴을 공개하지 않고 타인과 소통하고 싶어서였다.

하지만 비소는 달랐다. 비소는 적극적으로 사랑을 찾아나섰다. 인간을 이해하고 싶다고 했었다. 그래서였을까, 비소는 내면의 아름다움을 알아차린 아주 소수의 인간들하고는 깊은 사랑을 나누었다고 들었다. 결국 루비도 그런 열렬한 사랑으로 탄생한 존재였다. 비소가 한국전쟁 시기 만났던 인간과의 사랑으로 태어난 루비는 비소의 유일한 가족이었다. 엘프 세계에선 여성과 남성, 딸과 손자의 개념이 없었다. 직계 자손에 대한 집착이 인간의 역사에 많은 문제를 만들었다고 생각한 엘프족의 결심이 만들어낸 방식이었다. 당장 무언가를 물려줄 직계 자손이 없어진다면 과도한 인간들의 욕망도 사라질 것이라 생각했다. 하지만 그것 역시 인간의 욕망을 간과한 거였다. 사라진 건 인간의 욕망이 아닌 그 욕망에 지친 엘프와 드래곤과 작은 식물들뿐이었다. 그들은 인간과의 연대를 끊어내고 지구의 핵으로 사라져버렸다. 오로지 연합의 결정체인 절반의 존재들과 인간만 남겨졌다. 어쩌면 비소도 그곳에 있는 것일까. 이전의 비소라면 절대 그곳에 가지 않았을 거다. 비소는 만나는 인간마다 배신을 당했고 그럼에도 또 다른 인간을 다시 사랑했다. 하지만……

루비는 비소가 마지막으로 사랑했던 인간을 떠올렸다. 그는 비소를 배신하지 않은 유일한 인간이었고 반대로 비소가 배신한 유일한 인간이었다. 거기까지 생각하던 루비가 작게 고개를 저었다. 배신이라니, 그럴 리가…….

아마도 인간들은 비소의 마음을 절대 모를 것이다. 루비는 가만히 손에 들린 메모 조각을 바라보았다.

0-0. 빛과 소리엔 경계가 없으므로

“그러니까, 원하는 게.”

“증언이요. 증언.”

인간의 역사에는 무수한 전쟁이 있지만, 가까운 시기에 벌어진 큰 전쟁이라고 한다면 역시나 세계대전이라고 불리는 그것이었을 거다. 세계대전이라지만, 그 덕에 호황을 누린 나라도 있었다. 가령 일본은 한국전쟁 때 미국은 제2차 세계대전 때 나라 하나를 새로 만들 만큼의 돈을 벌어들였다. 누군가의 죽음이 어디에선가 노다지를 발견한 것과 같았다. 비소와 루비는 오로지 살기 위해 때맞춰 그런 나라들로 옮겨 살곤 했었다. 그때는 게토에 살지 않아도 되었고 무엇보다 루비의 언어능력이 한몫했다. 루비는 인간의 모든 언어를 금세 습득했다. 그런데 어느 날, 비소는 또 얼토당토않은 선택을 해서 루비를 피곤하게 만들었다. 비소가 뜬금없이 동북아시아 끄트머리의 한 나라로 이주를 선언했기 때문이다. 루비는 비소의 그 최종 목적지가 이해되지 않았다. 하프엘프들의 외모는 평화로운 시기에는 도움을 받거나 동정을 받기에 좋았다. 심성이 고운 인간 몇몇은 노인을 도와주려 애썼으니까. 하지만 전쟁 중에는 그렇지도 않았다. 전쟁 중 여성은 강간의 표적이었다. 노인이건 아이건 임산부건 소용없었다. 세계대전 이후 그곳에선 한국전쟁이라는 3년간의 새로운 전쟁이 있었다. 그 전쟁은 제2차 세계대전 때보다 더 많은 미군의 폭격이 있었다고도 했다. 그 때문에 작은 나라는 두 조각 났다. 그럼에도 비소가 그 땅을 선택한 것은 아마도…… 우물 속에서 죽어간 조선 여인에 대한 죄책감 때문이었을 거라고, 루비는 그렇게 생각했다.

일단 그 땅에 정착하자 비소는 그곳에 뿌리를 내리기로 작정한 듯 자신의 특기인 사랑을 멈추지 않았다. 비소는 그 3년 전쟁에 참여했던 타국의 젊은 군인과 사랑을 나누기도 했는데, 전쟁이 끝나자 그는 본국에 결혼한 처가 있다고 했다. 그가 기지촌을 어슬렁거리는 것을 보았다는 루비의 말에도 끄떡없던 비소였으나 혼인한 부인이 있다는 말엔 좀 타격을 받은 것 같았다. 그러게, 제발 아무하고나 사랑에 빠지지 좀 말라니까.
루비는 그 말을 삼켰다. 그는 조용히 정리되는 게 다행이라고 느껴질 정도로 문제가 좀 있는 사내였다. 그는 걸핏하면 비소에게 돈을 빌렸고 루비가 무언가를 항의하면 손이 먼저 올라갔다. 왜 비소는 그런 사내와 헤어지지 못하는 거야? 루비 또한 이런 말이 나오지 않을 정도로 사내가 무서워질 지경이었다. 그러니 그렇게라도 사라져준다면 고마울 일이었는데…… 정말 기이한 건 비소의 반응이었다.

"헤어지고 싶지 않아. 그가 없으면 사랑해줄 대상이 없잖아, 세상에."

루비는 얼이 빠졌고 비소에게 흥미를 잃은 사내는 무척 피곤한 표정을 지어 보였다. 결혼을 원하는 게 아니라는 비소의 말에 그는 도리어 펄쩍 뛰었다.

"아니, 그 얼굴을 하고서 나와 결혼을 생각해봤다는 거야? 나이가 몇 살이냐고, 할망구. 뻔뻔하군!"

그 군인은 얼마 후 김포공항을 통해 도망치듯 귀국해버렸다. 비소는 지치지도 않고 한동안 그에게 편지를 보냈고 족족 반송이 되어 돌아왔다. 한번은 긴 욕이 쓰여진 종이가 배달되기도 했다. 그럼에도 비소의 관심은 가실 줄을 몰랐고 심지어는 무당을 찾아가 재회굿까지 하는 정성을 보였다. 부적도 못 지켜준 그 인연은 싱겁게도 비소에게 다른 사람이 생기면서 자연스레 소멸되어 버렸다.

그러니까 비소는,

인간과의 사랑에 중독된 하프엘프였다. 긴 시간을 산 비소에게 유일하게 흥미로운 시간은 새로운 사람을 알아가는 것뿐이었다.
그 시간이 없으면 자신도 없어지는 줄 알았던
거다.

그런가 하면 루비는,

인간의 언어에 압도된 하프엘프였다.

루비는 어떤 인간도 사랑한 적이
없었으나 인간이 남긴 무수한 글은 사랑했다.
이 또한 비소의 사랑병만큼 골치 아픈 일이긴
했다. 이제 루비는 글을 읽고 싶어도 읽을 수
없기에 반강제로 병이 치유되어 버렸지만
말이다.

루비는 고개를 저어서 자신의 과거를
조금 밀어냈다. 더 이상 밀려나지 않으면
뒤돌아 도망칠 결심을 했고 그럴 때마다 애써
그 자리에 비소의 과거를 가져다 두었다.

비소의 사랑은 루비처럼 한 번에

꺾이거나 사라지지 않았고 어떤 결과가 오든 그다음을 또 맞이했다. 용기가 있다고 해야 할지 무모하다고 해야 할지. 그 군인이 사라진 후에 비소의 마음을 빼앗은 것은 북한의 인권에 관심이 많은 한 대학생이었다. 루비는 그가 북한 남성의 인권에만 관심이 많아 보이는 게 조금 의아했고 미국을 경멸하면서 미제 청바지를 입는 것 또한 어리둥절했으나, 그렇다고 마냥 나쁜 사람 같지는 않아서 딱히 비소에게 그런 말을 꺼내진 않았다. 언제부터인가 비소가 그를 만나지 않기에 물어보니 그는 시위에서 총에 맞았다가 삼팔선을 넘어 북쪽 나라로 가버렸다고 했다. 그 덕에 남은 비소와 루비가 빨갱이로 몰려 꽤나 고초를 겪어야 했다. 비소는 배운 남자에 질렸다며 이번엔 남쪽 항구도시의 여성 노동자를 사랑했다. 그는 제철소

하청 노동자였고 루비가 보기에 그 어떤 사랑보다도 비소를 충만하게 만들어주었다. 그 하청 노동자는 루비의 머릿결을 손수 빗어주기도 했고 도시락도 싸주었다. 그러나 그만 용광로 사고로 죽고 말았다. 어느 신문에서도 그녀의 죽음을 알 길이 없었다. 깊은 슬픔에 빠진 비소를 다시 기운 차리게 한 것은 베트남 전쟁에서 돌아온 병색이 완연한 사내였다. 그는 온갖 고통을 토로하며 울부짖었지만 기이하게도 비소는 그런 사내를 돌보는 일에 무척 만족하며 생기를 더하는 것 같았다. 여태 비소가 만난 인간들이 모두 자신을 버렸기 때문에, 이번엔 자신이 없으면 안 되는 사람을 고른 걸지도 몰랐다. 하지만 그 인간에게도 비소는 버림받았다. 전쟁 트라우마는 너무나 거대하고 깊은 수렁이어서 인간보다 배를 더 산 하프엘프마저도 이해할

수 없었다. 그 실질적인 수렁은 그를 통째로
집어삼켰다. 트라우마에 시달릴 땐 코빼기도
보이지 않던 사내의 가족들이 그가 죽자
국가유공자 증명을 해야 한다며 나타나
비소를 비난하기 시작했다. 아들뻘 되는
사내를 돈 때문에 끼고 살았다는 거였다.
루비는 자신의 피곤함을 덜기 위해서라도
이제 비소가 사랑을 그만했으면 싶었다.
참전 용사의 가족들이 루비까지 찾아가자
비소는 이제 사랑에 조금 지친 것처럼 보였다.
(드디어) 고생이 끝났구나, 그런 마음이
들자 평화가 시작되는 것 같았다. 실제로
한반도에도 조금 평화가 찾아오는 것 같기도
했다. 어느 날 사이렌이 울리더니 호외가
하늘을 가득 메우고 계엄령이 선포되었다.
그러더니 새마을운동을 독려하던 독재자가
총에 맞았다는 뉴스가 시작되었다. 물론 그

뒤에 남쪽 광주에서 수만 명을 학살한, 더한 독재자 놈이 나타날 줄은 몰랐지만……. 비록 독재자는 죽었으나 독재자의 경제개발 논리에 탑승한 사람들은 굳건했다. 비소의 사랑도 재점화되었다. 이번엔 독재자의 총애를 받아 사업체를 불린 사업가와 살림을 차렸다. 연애가 아니고 살림이야. 비소가 만난 그 사업가는 육십 가까운 나이에도 인간치곤 매우 정정해 보였다. 비소와 사업가는 멀리 보면 다정한 노부부 같았다. 루비는 비소가 그를 전혀 사랑하지 않는다는 걸 알고 있었다. 사업가는 비소가 깎아주는 사과를 먹으며 9시 뉴스를 보다 조는 것을 인생의 평화라고 느끼는 사람이었고 비소는 9시 뉴스를 보며 열띤 토론을 하는 것이 사랑이라고 느끼는 엘프였던 것이다. 하지만 그래도, 사업가는 비소에게 한 가지를 약속했다.

"루비의 성형을 도와주겠소. 저 아이가 원래 나이대로 보이게 해주겠소."

원래 나이라니……. 그는 비소와 루비가 하프엘프임을 알면서도 그렇게 말하곤 했다. 하지만 루비 또한 단 한 번이라도 인간의 젊음을 누려보고 싶었기에, 그렇게 해서 차별과 혐오를 피해보고 싶었기에 내심 그의 말에 희망을 걸었다. 아니, 정확히 말하면 비소의 인내에, 사랑 없는 삶에 희망을 걸어보고 싶었던 거다.

비소의 사랑이란 루비에게는 평화를 위협하는 독재자 같은 놈일 뿐.

그러므로,

그러므로…….

독재자의 죽음 뒤 나타난 더한 독재자는 자신의 과오를 지워보기로 작정이라도 한 듯 올림픽 개최와 그 준비에 열을 올렸다. 모래를 메워 만든 서울 동쪽의 땅에는 선수촌을 조성해 아파트를 세울 예정이었고 그건 말 그대로 돈덩어리였다. 사업가는 수완이 좋았다. 그는 그 돈으로 어려운 사람을 돕고 싶다고 했다. 그는 명문대 학생들을 돕는 것을 좋아했다. 루비는 그것이 그에게 트로피 같은 일이라는 걸 알았으나 개입하지 않았다. 다만 비소가 나날이 지루해하는 것이 더 걱정스러웠다. 비소의 표정은 차라리 어느 날 운석이라도 방바닥에 떨어지길 바라는 것같이 보였다. 하지만 루비는 이 평화를 지키고 싶었다. 게다가 운석이 우주에서는 하나의 이치일지라도 지구에서는 공룡을 멸망시킨 무시무시한 존재였으므로. 그러니까……

사업가의 돈으로 연구를 하고 있다는 그 연구자는……

루비에게 **그** 연구자는 마치 운석

같은 거였다. 루비는 본능적으로 느꼈다. 그 연구자가 오래 있으면 있을수록 비소의 사랑은 탄생하고 루비의 평화는 멸망할 것이라고. 속을 아는지 모르는지, 사업가마저도 연구자를 크게 환영했다. 사업가는 오랜 시간 연구자의 장학금을 후원한 사람이기도 했다.

"그 여대는 영부인을 배출한 대학교야. 안의 부군도 곧 교수를 받을 거야. 그럼 안의 고생도 끝이지?"

루비는 기껏 장학금까지 대놓고서 안이라 불리는 그 연구자에게 그런 말을 하는 사업가가 참 어쩔 수 없이 고리타분한 사람이라고 생각했지만, 한편으론 그 연구자가 이미 제도에 들어섰다는 게 안심이 되기도 했다. 연구자는 어떤 생각을 한 걸까? 연구자는 그런 사업가의 말에 항상 미소를 띨 뿐이었다. 그렇기에 비소와 단둘이 있을 때 그가 그렇게 똑 부러지는 말들을 하는 게 루비는 조금 신기했고, 그리고…… 많이 불안했다. 그리고 그 불안은 현실이 되어가는 것만 같았다.

어느 날엔가, 그러니까 본격적으로 올림픽을 준비한답시고 서울의 낡은 지역에 가벽을 세우기 시작한 그즈음, 안은 천 년을 살아온 비소에게 한반도의 역사를 증언받고 싶다고 했다.

"제 삶을 기록해서 무엇을 하게요?"

"기억하는 거죠. 누군가, 당신을. 기억하는 거예요."

기억이라니, 루비는 비소가 젖은 손을 털듯 연구자를 단박에 밀어낼 것이라고 생각했다. 하프엘프는 인간이 떠난 후에도 인간의 기억을 고스란히 지니고 있어야 하는 저주 같은 숙명을 타고난 자들, 좋을 리가 있겠는가. 루비는 어디엔가 기억을 지우는 약이 있다면 좀 받아먹고 싶을 지경이었다. 인간들은 어째 서로 험한 꼴은 다 보여주고 마지막엔 기억해달라고 질질 눈물을 흘리는가. 루비는 옅은 소름을 떨치려고 작게 몸을 떨었으나 루비의 불안을 확정하기라도 하듯이 비소는 연구자를 내쫓지 않았다. 루비는 비소가 그 연구자를 아주 오래 바라본 것으로 기억한다.

"이름이?"

"최 안. 프란디안이라고 하는 사람들도 있죠. 혹은 안. 어떻게 불러도 상관없다는 뜻이에요. 어차피 제 이름을 제대로 불러주는 사람은 별로 없어요. 누구누구의 부인, 누구누구의 엄마. 누구누구의 딸. 이런 식이니까요."

그럼 사람들이 기억하기 힘들잖아요? 자신은 누군가를 기억하려고 하면서. 비소는 이 말을 덧붙이며 조금은 웃어 보였다. 하아. 비소는 분명 흥미가 생긴 거였다. 재미없는 일상에 들이닥친 새로운 흥미. 루비는 거기까지 듣고 있다 이내 방 안으로 들어갔다. 비소가 내내 우울증에 걸릴 것 같은 표정을 짓고 있어서 불안했기 때문이었다. 안은 그 뒤 오랜 시간 사업가의 집 2층 방 한 칸을 차지했다.

본격적인 올림픽 준비가 시작되자 사업가는 날마다 비행기를 타야 했다. 비소와 안은 날마다 도심의 비슷한 건물들 앞에서 한참이나 토론을 할 수 있었다. 그들은 계절이 바뀔 때마다 도심 한가운데 있는 고궁인 경복궁이나 창경궁에 가서 일광욕을 즐겼다.

대온실 앞에서 비소는 한참이나 당시 일본이 데려온 코끼리에 대해 설명하기도 했다. 한 나라의 왕이 있던 곳을 동물원으로 만드는 발상은 일본 제국만 할 수 있는 거죠. 안은 그날 가만히 비소를 보다 이런 말을 했다.

"괴롭겠어요, 기억을 모두 가지고 있어서. 그 기억을 나눈 인간은 떠났잖아요. 배신해서가 아니더라도요. 제가 비소 씨에게 너무 고통을 주고 있는 것 같아요. 증언은 하지 않아도 돼요."

비소뿐 아니라 루비도 깜짝 놀라 그를 바라보았다. 루비는 그 언젠가 소설에서 저런 장면을 본 적이 있었다. 그건 '배려'와 '연민'이 만든…… 사랑이라는 감정에 대한 서술이었다. 누구를 지배하지 않고 집착하지 않는, 그런 것보다 누군가를 위해 자신의 요구를 내려놓기도 하는. 하지만 실제 겪어본 적은 없었다. 맨날 사랑 타령을 멈추지 않는 비소 또한 어떻게 보면 관계에선 지독하게 제멋대로였다. 루비는 자신이 비소가 아님에도 안의 그 말 앞에서 목이 메어오는 것 같았다.

비소는 안이 오고 나서 음식을 이전보다 자주 섭취했다. 너무 오랜 시간을 살았던 까닭에 지구상의 모든 음식이 질렸다던 비소는 이제 모든 것이 새로운 듯 향을 맡았고 주방에 다시 불을 지피기 시작했다. 그리고 또 하나, 어느 순간부터 비소는 새벽녘 다시 서재의 불을 밝혔다. 루비는 알고 있었다. 비소가 안에게 기록을 주려 한다는 것을 말이다. 동정과 지배가 아닌 배려와 연민, 그에 대한 화답. 그것을 루비가 읽은 책들에서는 사랑이라고 했다. 물론 루비는

‘염병’이라고 하고 싶긴 했다. 역시 어리석어. 그러나 루비는 평소와 달리 그 말을 입 밖으로 내지 않았다. 안이 했던 말을 떠올리자면 자신 또한 비소처럼 행동했을 것 같았다. 게다가 비소는 오랜 시간 동안 많은 인간들을 사랑했고 언제나 그들도 자신을 사랑한다고 믿었다. 그건 맞을 것이다. 인간의 시간이 비소에 비해 짧아서 그들의 사랑이 빨리 식었을 뿐이지. 불행이라면, 안 또한 틀림없이 인간이라는 것…….

루비의 걱정이 무색하게 비소와 안은 행복해 보였다. 그들은 사이좋은 모녀처럼 보이기도 했고 다정한 선생과 제자처럼 느껴지기도 했다. 인간들은 성별이 같아 보이는 둘을 전혀 의심하지 않는 기색이었다. 그 사업가도 처음엔 그랬던 것 같다. 그래, 처음엔 말이지. 그러니까 안이 자신이 들어간 제도를 깨지 않았을 때, 그 누구도 인간의 법을 어기지 않으려 했을 때까진 말이다.

그러니까 대체 왜 인간이든 엘프든 누구를 사랑하면 곁에 있고 싶어 하는 걸까? 그냥 그 마음만 품으면 안 되는 걸까.

안이 이혼을 선언하고 엎어진 과일 바구니처럼 모든 것이 엉망이 된 나날들 속에서 루비는 그런 생각들을 했다. 안과 비소의 입장에선 진귀한 사랑이 루비에겐 그저 일생을 망치는 요소라니, 이것도 참 루비의 입장에선 입이 쓴 일이었다. 가난은 숙명이라며 한껏 들떠 보이던 비소의 미소가 루비는 가끔 원망스러웠다. 물론 그 미소를 다시 보지 못하게 될 줄은 전혀 몰랐다.

안이 남편에게 이혼을 선언하고 안의 남편이 비소를 고소한 그즈음, 공교롭게도 비소와 안이 이민을 시도하던 나라에서는 이민자 단속과 더불어 절반의 존재들에 대한 관리를 선언했다. 버려진 하프드래곤 무리가 인간을 공격해서 죽게 했다는 게 그 이유였다. 애당초 왜 인간이 그들을 버렸는가는 생각하지 않은 정책이었다. 그 나라의 국경 근처에는 허가증을 발급받으려는 이민자들이 몰려들었고 누군가 자살 폭탄 테러를 시도했는지 가방이 폭발했다는 뉴스가 나오기도 했다. 그런데 기이한 일은 멀리 떨어진 나라의 국경에서만 일어나는 게 아니었다. 법적으로 비소의 남편인 그 사업가, 안의 남편이 찾아와 길길이 뛰고 비소가 방문을 걸어 잠갔음에도 그저 침묵하던 사업가는 국가로부터 수주받은 국경 근처 관리소를 짓는 일 때문에 출장을 가야 한다며 루비에게 비소를 잘 부탁한다는 말을 할 뿐이었다. 그가 출장을 떠난 날 저녁, 루비는 그 나라의 국경 근처에서 일어난 테러 사망자 명단에서 안의 이름을 발견했다. 그러나 폭탄 때문이 아니었다. 안은 국경 근처 민박집에서 발견되었고 사인은 자살이었다. 그런데 안이 가지고 다니던 가방과 짐도 통째로 사라진 채였다. 그 가방에는 비소의 한반도 기록이 담긴 노트북이 있었다. 그리고 그날 밤, 마치 약속이나 한 듯 비소도 사라졌다. 다음 날 아침, **다시 현관문을 연 것은 전날 급하게 떠난 사업가 혼자뿐이었는데…….**

루비는 비소의 소식이 궁금하긴 했지만 담담히 이별을 받아들였다. 모든 존재는 삶과 죽음의 고리로 연결되어 있으므로. 그리고 그럴 수밖에 없었다. 사업가도 비소도 없던 그사이, 정부 요원이라는 사람들이 찾아와 루비를 게토로 데리고 갔던 것이다. 루비가 하프엘프인 건 어떻게 알았을까, 누군가의 밀고였던 것일까. 이 생각조차도 오래 할 수 없을 정도로 루비의 삶은 그때부터 일관되게 고단했다. 비소도 찾을 수 없었다. 그런데 이렇게 루비의 삶에 비소가 다시 나타났다. 순간 루비는 어젯밤 묵은 손님의 행색을 가만 되짚었다. 평범했다. 다를 바 없었다. 대부분의 이 민박집 손님들이 그러하듯 커다란 모자와 후드를 뒤집어써서 얼굴 반이 가려진…… 자기 몸만 한 가방을 들고 있던 여자 손님. 가만, 가만. 가방? 혹시 그 가방이…….

루비는 창으로 달려가 바깥을 보았다. 매일 오후 4시. 중앙정부는 매일 같은 시간에 뜨내기들이 드나드는 업소에 사람을 보내 무언가를 체크했다.

"에, 우리가 당신들을 관리하는 것이요? 고마워해야죠. 우리는 교육과 의약품을

지원하고 있잖아요. 솔직히, 당신들이 빈대나 코로나를 퍼뜨릴 수도 있잖아요? 그 엄청난 시기를 당신도 알죠? 역사에서 얻은 교훈이죠."

그들은 그렇게 말했지만, 사실 배제된 존재들이 잠잠한지를 점검하는 거였다. 국경 너머로 들이고 싶지 않은 인종들이 세를 불리기라도 하면 큰일이니 말이다. 루비는 얼른 주변을 뒤지듯 살피기 시작했다. 바닥 청소를 하지 않았다는 것도 잊은 채 침대 밑을 살피기 위해 엎드렸을 때였다. 벽에 붙어 있던 괘종시계가 오후 4시를 알리며 종을 치기 시작했다. 그런데 이게 무슨 일일까. 종소리가 끝난 자리에 나타난 것은 관리인이 아니었다. 그곳에선 작은 소리로 시작된 음악이 끝나지 않은 채 울리고 있었으니, 루비는 소스라치며 몸을 털고 일어나 저도 모르게 현관으로 달려가 섰다.

0-0-0. 백 년 만의 연합

“놀라지 말라고, 내가 분명 오늘 빛이 들어올 거라고 했지?”

루비는 얼빠진 얼굴로 수를 빤히 바라봤다. 지금 음악을 튼 게 드래곤이란 말인가. 여태 루비는 그가 나이가 많을 뿐 어딘가 아프다는 생각은 안 해봤다. 하지만 과거의 이력으로 보아도 하프드래곤들은 하프엘프와는 달리 종종 치매에 걸리곤 했다. 드래곤으로부터 건강한 육체를 받았으나 거기에 나약한 인간의 정신이 혼합되자 균형은 조각났다. 치매에 걸린 하프드래곤들이 자신들을 새장 속에 가두었던 인간을 공격하는 일도 종종 일어났다. 그런 하프드래곤들은 하나같이 안락사 처분을 받고 죽어갔다.

루비는 언젠가 만국박람회라는 것에 참여했다가 놀라운 걸 본 적이 있었다. 그것은 전시된 하프드래곤과 인어였다. 그리고 그 옆에는…… 대만이라는 국적의 인간과 조선이라는 국적의 인간, 그리고 아프리카 대륙 원주민이라는 인간 종들이 전시되어 있었다. 그나마 하프엘프들은 인간의 기준에 다소 인자한 백인 노인의 형상이라 전시되지 않은 건지도 몰랐다. 루비는 옅은 한숨을 내쉬었다. 그런 생각이 드니 또 얼마 뒤 안락사 처분될 거라는 소문이 자자한 이 하프드래곤이 불쌍해지기 시작했다. 그러나! 아무리 그래도 이 영토에서 음악을 틀면 어떻게 되는지 뻔히 알면서……. 그야말로 예정된 시점보다 훨씬 빨리 유기되고 말 거였다. 그러면 먹을 것을 찾아 산으로 들어가 들개처럼 떠돌다 이번에야말로 사람을 위협했다고 죽임을 당할 게 뻔했다. 먹을 것만 찾아 어슬렁거리다가 말도 안 되는 예언이나 남기고 돌아서는 게 전부인 줄 알았는데, 대체 언제 이런 음악은 알게 된 것인지 의문이었지만……. 루비는 억지로라도 수의 음악을 중단시켜야겠다는 생각에 이곳저곳을 살피기 시작했다.

"하, 그렇게 봐도 가슴이 떨리지 않는 건 역시 하프엘프들 뿐이야. 워낙에 박색이니 말이야. 그래도 음악을 듣는 안목은 좀 있겠지? 한때 소설도 썼다 하지 않았나?"

루비는 순간 수의 날개를 들춰보던 손을 멈췄다. 수에게 자신이 소설을 썼다는 이야기를 한 적이 있던가? 또 시작되는 그

치매의 기운인가, 아니면 그것과 구분이 어렵다는 예지의 기운인가. 그러나 수는 그 어느 때보다 자신감이 넘치도록 태평해 보였고 무언가 홀가분해 보이기도 했다. 루비는 일단 끝없이 흘러나오는 이 음악을 중단시키는 게 우선이라는 생각이 들었다. 물론 루비도 마음 같아선 수 핑계를 대며 음악을 더 듣고 싶기도 했다. 흘러나오는 음악은 하필 또 이전에 즐겨 듣던 거였다. 베토벤 교향곡 9번 합창 〈환희의 송가〉, 그 가사는 루비가 좋아하던 고전 시였다.

별의 뒤편에 신이 계실 것이다.

하지만 이제 그 가사를 조금 더 들었다간 실제 신을 마주할지도 모를 일이었다. 빛은 무슨, 지금 빛을 가지고 오셨네요, 정말! 루비의 퉁명스러운 말에도 수는 평소와 달리 기운이 넘치는 포즈로 웃어 보였다. 루비는 혹시나 싶은 마음에 수의 주위를 눈으로 살피기 시작했다. 이 치매 걸린 드래곤 녀석이 감시원을 뒤에 달고 온 건 아닌지 싶어서였다. 설마 배가 고파서 나를 밀고한 건가. 너무나 가능한 일이었고, 진짜 그렇다고 해도 이 망할 하프드래곤이 그런 것이라면 원망할 수만은 없을 것 같았다. 살려고 그런 것을 뭐 어찌하겠는가. 물론 그렇다고 두려움이 사라지는 것은 아니어서 루비는 자꾸만 목이 잠겼다.

"나 오늘은 좀 특별해 보이지 않아? 내가 좀 멀리 가는 날이라 한껏 꾸며봤는데 말이야."

수의 말을 듣고 보니 수는 여느 때와 달리 연미복을 입고 있었다. 반려인이 오래전에 사준 것이라 사이즈가 맞지 않는지 조끼의 단추가 터질 듯 불안정했다. 마치 이

공기와 같군, 루비는 저도 모르게 그런 말을 중얼거리다 문득 어딜 간다는 말이 떠올라 고개를 들어 수를 바라봤다. 언제나 집에서 쫓아내지만 말아달라고 빌던 수 아닌가. 대체 어디로? 혹시 자신을 죽은 존재 취급하는 반려인 가족을 몰살하고 어디론가 도피하려는 건 아니지, 수? 루비는 엊그제 지하 방송에서 본 뉴스를 떠올렸다. 평생 맞고만 살던 반려 드래곤이 치매에 걸린 후 자신을 때리던 반려인 가족을 물어 삼켰다는……. '그러게 하프드래곤의 예지 능력을 키워줬어야지.' '아마 돈 쓰는 게 싫었겠지.' 이런 댓글들이 올라오는 걸 보면서 루비는 이미 수를 떠올리고 있었다. 치매든 예지든 제정신이 아니라 해도, 설사 그런 상태에서 수가 무슨 사고를 쳤다 해도 지금 눈앞의 수는 전혀 그런 범죄와 연루된 것처럼 보이지 않았다.

낡고 사이즈가 맞지 않을 뿐 연미복은 아주 반듯하고 깃까지 깔끔했다. 대체 어디를 가는데? 루비의 말에 수는 짤막하게 답했다. **구원을 찾으러, 악마의 예지는 필요 없으니까.** 루비가 실눈을 뜨며 바라보자 수는 무언가 깜박할 뻔했다는 듯 손사래를 몇 번 치고는 비로소 입을 열었다.

"아, 아까부터 혹시 뭔가를 찾으신다면 내가 먼저 소개하지."

수를 바라보느라 잠시 넋이 빠져 있던 루비는 수의 말에 몸을 조금 움찔거렸다. 수, 아무리 그래도 지금까지 내가 준 호밀빵을 모두 잊은 건 아니겠죠. 루비는 입술을 조금 깨물었다. 정말 민박집 안에 그 가방이 있다면 이제 어떻게 되는 건가. 거기에 생각이 미치자 루비는 뛸 준비를 했다. 정말 수의 저 날개 뒤에서 감시원이 나타난다면 현관문을

재빠르게 걸어 잠가 시간을 번 다음 민박집을 뒤져 수상한 것이라면 뭐든 일단 창문 밖으로 던져버릴 작정이었다. 그러고 나서 문을 열면 수상한 눈길을 받을지언정 증거가 없으니 변명으로 무마될 거였다.

"별의 뒤편에 신이 있는지는 모르겠지만, 하프드래곤 뒤에 사람이 있긴 하죠."

뭐, 내가 인간인지는 모르겠지만. 아, 어찌 보면 그야말로 인간이죠. 언제나 인간이야말로 불완전한 절반의 존재 그 자체이니까요. 본인들만 부인할 뿐. 루비는 순간 질끈 감았던 눈을 번쩍 떴다. 처음 듣는 목소리. 분명 감시원의 목소리가 아니었다. 하지만 감시원을 제외하고 이 게토에 인간이 들어올 일이 있을까. 물론 부랑자와 수배자, 여행자와 같은 인간들이 있긴 하였으나 이런 이들은 말이 없다. 목소리는 분명 한 사람의 정체성을 드러낸다. 그리고 이 목소리는 죄가 없이 당당하다. 루비는 이윽고 수의 날개 뒤에서 팔짱을 낀 채 서서히 걸어 나오는 한 사람을 바라봤다. 수의 거대한 날개가 가라앉자 순간 루비의 앞으로 엄청난 빛이 쏟아지는 것만 같았다. 그렇게 빛을 등지고 걸어 나오는 그 사람은…….

비소, 나를 잊지 말아요.
나를 기억해주세요…….

어딘가 닮았다고 생각했다. 아니, 사실 단박에 알아보았다. 얼굴의 생김새는 확연히 달랐으나 확고하게 풍기는 분위기에서 그가 누구인지 분명히 알 수 있었다. 인간의 착각과 달리 어떤 동질감은 혈통으로 이어지는 게 아니었다. 바깥의 존재들은 그걸 안다.

어떤 인간들은 한 혈통임에도 전혀 다른 사람들처럼 보였다. 그런가 하면 피를 나누지 않아도 가족임이 분명한 인간들도 있었다. 이자는…… 후자에 가깝지 않을까. 그러니까 이자는…… 안의 가족이구나.

"그 표정은 말문이 막혔을 때 나오는 무표정인가요, 아니면 감흥 없음에서 나오는 무감각? 그런데 내 얼굴을 보고 감흥을 못 느끼는 존재는 본 적이 없는데."

아, 뭐 그런 황당한 표정 애써 지어 보일 필욘 없어요. 원래 제가 새로운 존재를 만나면 정보 입력이 좀 필요한 편이라. 이런 알 수 없는 말을 하며 불쑥 민박집 안으로 들어서는 그를 따라잡느라 루비는 하마터면 미끄러질 뻔했다. 수가 날개로 받아주지 않았다면 꼼짝없이 집 앞에서 미끄러진 노인네의 모습이 될 뻔했다. 차라리 그랬으면 안의 가족으로 보이는 이 사람에게 동정표라도 받아 발걸음을 멈추게 할 수 있었을까? 하지만 어찌 되었건, 루비는 그가 자신을 호의적으로 볼 리가 없다고 확신했다. 적어도 루비가 비소의 손녀임을 확실히 알고 온 사람이라면 말이다.

“아니면 혹시 나에게 무언가 찔리는 거라도?”

칼로 무언가를 베는 듯한 그의 말에 멈춰선 루비를 보던 그가 이내 손사래를 치며 “농담, 농담” 하고는 자연스레 코트를 벗어 루비에게 넘겼다. 지극히 연극적이지만 왜인지 그게 딱 어울리는 사람이었던지라 얼결에 코트를 받아든 루비는 화들짝 놀라 그걸 다시 수에게 던졌고 수는 이럴 때만 민첩하게 옆으로 비켜섰다. 결국 루비가 그의 옷을 수습할 수밖에 없었다. 루비는 왠지

억울했다. 그사이 그는 어차피 루비의 말은 들을 생각이 없었다는 듯 민박집 이곳저곳을 둘러보기 시작했다. 멍하니 그를 보던 루비는 그가 2층으로 올라서는 것을 보고는 퍼뜩 정신이 들었다.

아무리 안의 가족이라고 해도 이렇게 둘 순 없었다. 사건의 전말은 나중에라도 망할 수에게 물어보면 될 터였으니까. 하지만 루비의 예상과 달리 사건의 진실은 수와의 대화까지 갈 필요도 없었다. 빛 속에서 걸어 나온 이 인간의 자손은 꽤나 성격이 급한 편이었으니까. 민박집을 대충 둘러보던 그는 대뜸 루비에게 돈을 꺼내 내밀었다.

"오늘 여기서 묵어야겠어요. 듣자 하니 돈만 있으면 누구든 받아준다던데. 그러니 나도 되겠죠? 나는 목욕도 하고 싶은데."

루비는 분명 예약이 다 찼다고

둘러대려고 했다. 하지만 그가 건넨 돈다발을 보니 말이 쏙 들어가는 기분이었다. 수는 그런 루비를 보고 '이런, 이런' 하는 듯이 날개를 저어 보였다.

"그런데 인사성이 좀 없으신 편인가 봐요? 분명 나를 알 텐데, 비소의 손녀딸 루비 씨. 작은 슬픔이 낳은 눈물 흘리는 슬픔, 루비(淚悲) 씨."

참, 특이한 이름 취향이에요, 슬픔의 대물림도 아니고. 돈을 세던 루비가 이제 다른 의미로 또 멈춰 섰다. 그대로 넘어가주면 좋으련만, 인간들은 별안간 진실을 알아야 한다며 꼭 쓸데없는 말을 꺼내곤 했다. 천 년을 사는 엘프에게 삶이란 그 자체로 행복이 아닌 슬픔인 것을, 그 고독을 백 년도 살지 못하는 인간이 어찌 알겠느냐 말이다. 인간들은 그렇게 보기에 좋은 것을 행복이라 칭하고, 그것을 전시하려다 보니 도리어 슬픔은, 자신들이 보기 싫은 건 철저히 은폐해버린다. 일단 돈을 받았으니 목욕물을 준비해볼게요, 이리 말하고 뒷걸음질 치는 루비에게 그는 별안간 크게 한 발짝 더 다가왔다. 루비는 무언가에 몰리기라도 하는 듯 조금 더 뒤로 물러섰다. 그는 품 안에서 다시 종이봉투 하나를 꺼내 들었다. 루비가 이미 받은 것보다 더 두툼한 거였다.

"그리고 날이 밝으면 당신은 나와 함께 이 게토를 떠나 인간의 땅으로 좀 가줘야겠어."

이게 또 무슨 말인가. 아무리 루비가 돈이 급해서 그걸 덥석 받는다 쳐도, 법이 저리 엄격한데 어딜 나가 돌아다닐 수 있단 말인가. 무슨 중세에서 온 사람도 아니고……. 하긴, 인간들이 하는 행동은 중세까지 갈 것도 아니었다. 이들에겐 반복적으로 나치

대학살과 같은 비극의 전조가 느껴졌다.

루비의 표정이 꽤나 의아했던지 그가 다시 웃으며 말을 덧붙였다.

“걱정은 넣어둬도 돼요. 어차피 인간의 법이란 돈으로 살 수 있는 거니까. 변호사를 고용해서 당신 통행증을 만들었지. 3대 로펌 비싸긴 하지만 그래도 방법은 참 확실하게 짜주더라고. 내가 불법이라고 했는데도 오히려 돈으로 법을 만들면 된다고 하면서 말이지.”

역시, 돈이 좋죠? 그래도 일단 씻기는 해야겠네. 그렇게 말하며 안의 손자, 그러니까 루비의 입장에서는 아직 이름도 모르는 그는 민박집 2층으로 걸음을 옮기기 시작했다. 갑작스러운 전개에 멍하니 서 있던 루비는 잠시 후 최대한 에너지를 짜내 그보다 먼저 계단을 뛰어올랐다. 차라리 감시원이 와서 이자를 좀 데리고 가주면 그것도 좋을 것 같았다. 분명 이 집을 알려준 건 저 늙은 하프드래곤일 테지만, 그건 그렇다 쳐도 이미 와 있어야 할 감시원은 왜 안 오냐 말이다. 대체 왜 이러는 거냐는 루비의 다급한 외침에 그가 계단 가운데 서서 루비를 올려다보았다. 순간 루비는 그의 얼굴에서 또다시 자신이 아는 어떤 인간의 분위기를 느꼈다. 기억이란 이토록 두려운 것, 루비는 그 분위기를 느낀 것만으로도 벌써 자신이 그를 온전히 막을 수 없다는 걸 알 수 있었다.

"비소의 배신을 당신이 갚아주면 좋을 것 같으니까. 그러니까, 우리 할머니, 안의 목숨값 말이죠. 그걸 당신이 대신 갚아주면 될 것 같아서."

루비는 누군가 자신의 목을 움켜쥐는 것처럼 숨이 턱 하고 막혀오는 걸 느꼈다.

호흡을 위해 숨을 고르자 오히려 잊으려 노력했던 기억들이 딸려 올라왔다. 루비는 최대한 기억을 누르며 침착하자고 생각했다.

"이, 인간들은 참, 대물림을 좋아하는군요. 내, 내가 그 사건과 관련이 있다고 보시나요? 그, 그리고 아까, 아, 아까부터 자꾸 반말을 좀 하시는데 그, 그래도 초면이고 제, 제가……."

떨리는 몸과 정신을 진정시킨 루비는 그에게 비소가 사라진 후에 자신도 혼자가 되었고, 지금은 비소가 어디 있는지도 전혀 모른다고 설명했다. 게토 바깥의 일은 정말 전혀 모르니 이제 자신은 인간사에 섞일 수 없는 존재라는 것도. 그는 어느새 벽에 기대 팔짱을 낀 채 루비의 말을 듣고 있었다. 제법 흥미로워하는 표정이 마음에 걸렸다. 루비의 말이 끝나자 그는 갑자기 웃음을 터트리며 박수를 쳤다.

“소설을 썼다더니 그럴싸하네요. 그런데 난 어차피 비소인지, 희소인지를 찾을 생각이 없어요. 배신자야 인간 세계에도 넘쳐나니 오히려 뭐랄까, 좀 흥미가 반감된달까. 그리고 가만, 반말 운운하시는데 루비인가 부리인가 당신 아직 어리잖아? 인간의 존대를 그렇게나 받고 싶어 한다니 의외인데?”

루비는 이번엔 다른 이유로 말문이 막혔다. 안의 손자라는 이 사람의 눈엔…… 내가 인간 노인의 형상으로 보이지 않는다는 건가. 이 사람은…… 보통 인간의 눈으로 나를 바라보는 게 아닌가. 루비를 제 나이로 본 인간은 안의 손자가 처음이었다. 루비는 자신 안에서 잔뜩 취했던 방어 자세가 허물어지는 걸 느꼈지만 다시 턱을 당기고 한껏 숨을 들이쉬었다. 정신을 똑바로 차려야 한다. 이제 자신은 인간의 법 바깥의 반쪽짜리 존재일 뿐이다. 약한 존재를 챙겨주는 이는 어디에도 없다.

“저, 저기 그, 그러니까 나, 나는 나이를 떠나서 예의라는 걸 말하는 거죠. 초면인데 기본적인 예의죠, 존대는. 그, 그리고 뭐야. 그, 비소가 당신 할머니, 그러니까 안에게 그랬던 건……!”

“사랑.”

루비는 그 단어 앞에 멈춰 섰다. 루비는 그 단어를 글로 써본 적은 있어도 소리 내어 말해본 적은 없었다. 특히나, 안과 비소의 관계 앞에서.

“남들은 다 그걸 그렇게 쉽게 말하더라고. 아, 미안, 존대하랬지, 참. 아무튼 실제로 그걸 평생 해본 적도, 본 적도 없는 인간들이 대부분일 텐데 말이죠.”

루비는 아까부터 이 인간의 자손이

어딘가 삐딱해지려 노력한다는 생각을 떨칠 수가 없었다. 그러니까 실제 시니컬하다기보다는 그렇게 보이려고 노력하는 사람. 저런 걸 자기방어라고 한다던가. 인간은 아무튼 참 피곤한 생물이다. 본인들이 제일 많이 공격하는 주제에 뭘 방어까지.

"그런데 말이에요, 그게 배신이 되었단 말이죠. 짧은 생을 살다 가는 인간은 사랑 때문에 폭사했고 영생에 가까워서 목숨 걱정이 없는 엘프는 그런 인간을 배신하고 어디에선가 안전하게 살아 있다, 그 소설의 결말은 이거란 말이에요. 참, 당신은 소수자 편에서 주로 소설을 썼다면서요? 이런 결말, 마음에 안 들죠? 그쵸?"

루비는 한숨을 내쉬었다. 솔직히 아들이라고 한다면 엄마가 그리 죽었으니

화날 만도 하겠다만, 기억에도 없을 손자까지 찾아와서 참……. 역시나 혈통 때문인 건가? 아무래도 인간은 혈통에 집착적이니까. 그래, 뭐. 인간이니. 화날 수 있지. 오해든 뭐든 배신이라고 믿는다면 말이다. 루비는 잠자코 그의 다음 말을 기다렸다.

"아, 근데 사실 난 사랑이든 배신이든 관심 없어요. 난 사랑이 뭔지 몰라, 알고 싶지도 않고. 게다가 안은 이제 우리 집안에서 없는 사람이니까요. 나는 다만 그 배신자의 기록이 궁금하거든요. 인간 외의 종이 기억하는 인간의 역사."

하지만 왜일까. 루비는 그가 사랑과 배신이라는 단어를 발음할 때 본인의 말과는 달리 누구나 알 수 있을 정도로 눈동자가 떨린다는 걸 알 수 있었다. 다만 루비는 그의 표정을 더는 신경 쓸 수가 없었다. 비소가 안에게 주었던 인간의 역사란 말이 루비를 멈춰 세웠으니까. 하프엘프의 기억으로 재구성한 인간의 역사…… 비소와, 안과 함께 증발해버린 그 기록. 하지만 이미 그건 오래전에…….

"당신이라도 가줘야겠어. 그걸 찾으러. 나는 그걸 찾아 증명하고 싶거든."

"대체 뭘 증명하겠다는 거죠? 그리고 내가 왜 같이 가야 하고요? 인간의 역사가 나에게 왜 중요한 거죠?"

"난 명예를 회복하고 싶어. 그래, 뭐. 할머니의 영향이라고들 수군대더군, 집안에선. 나도 할머니처럼 역사를 연구하거든. 전쟁기와 그 직후 여성사, 퀴어사를 하고 있어. 지금은 반대파에 말도 안 되는 공격을 당한 상황이지만."

언제나 그건 인간의 특기잖아요, 자신들과

의견이 다른 것을 공격하는 것. 그리고 자신들의 입맛에 맞춰 기억과 기록마저 바꾸는 것. 오랜 시간을 산 하프엘프에게는 그거야말로 신선하지도 특별하지도 않은 뉴스였다. 그런데 대체 안의 손자는 무엇을 하려 하기에 그런 공격을 당하고 있는 것일까. 밝혀지지 말아야 할 독재자의 비밀 기록이라도 추리했던 건가, 마치 안처럼……. 루비는 자신 안의 많은 질문들을 삼켰다. 자신도 모르는 사이 뜨거운 것이 가슴속에서 올라오는 기분이었다.

"이봐요, 아, 대체 뭐라고 불러야 할지……. 아무튼 이봐요. 이미 너무 오래된 일이에요. 그냥 우리는, 남겨진 존재들은 또 이런 삶을 사는 게 맞을지도 몰라요. 그만 다 잊고 말이에요."

'당신, 안의 손자. 당신은 모를 거야.

안에게 준 비소의 기록은 사랑의 역사라고. 그건 그냥 당신 사심을 채우는 역사 기록물이 아니라고.' 루비는 이 말들 또한 모두 삼켰다. 바보처럼 굴어서라도 이 사람의 말을 모른 척하고 싶었다.

"이봐, 반쪽 엘프. 잘 들어. 나는 어차피 죽어. 너와 달라. 곧 내 몸속에 자라나고 있는 암세포가 나를 잠식할 거거든."

루비는 다시 한번 말문이 막혔다. 안의 손자, 그는 딱 보기에도 어렸다. 인간들이 원래 루비의 입장에선 말도 안 되게 일찍 죽어버리는 존재라고 해도……. 루비는 기침을 몇 번 했다. 다시 목을 가다듬었을 때였다.

"죽기 전에 궁금한 건 또 있어. 그러니까…… 대체 그 사랑이란 감정이 뭐길래……."

루비는 퍼뜩 고개를 들어 그를 살폈다.

마냥 어리게 보였던 그의 얼굴이 이젠 나이를 가늠하기 어려운 천 년의 존재 같았다.

"나는 뇌 한쪽이 조금 다르다고 하더라. 감정을 잘 몰라. 어릴 때부터 그랬다고 하더군. 아, 사이코패스나 알렉시티미아 이런 것과도 조금 달라. 그냥 학습이 좀 필요해."

안의 손자는 주변에 또래가 없어서 대부분의 시간 홀로 책을 읽으며 지냈다고 했다. 그가 폐쇄된 안의 서재에 들어가게 된 것 또한 그 때문이었으리라. 그는 종종 안의 서재에 들어가 잠을 자기도 하고 책도 읽었다. 그의 삼촌에게 걸리기 전까지 말이다. 어떤 일이 일어났는지도 모른 채 혼이 잔뜩 났을 때 그는 저도 모르게 별걸 읽진 않았다고 말했다. '그냥 어떤 사람의 일기를 읽었어요. 아, 아니. 소설인지도 몰라요. 그냥 어떤 여자 두 명이 서로 사랑을 하는……'

그러니까 아마도 그 무렵이었던 것 같다고 했다. 집안의 주치의가 안의 손자를 데리러 왔고 병원으로 갔다. 온갖 검사 후 그는 저런 판정을 받았다. 안의 손자는 어린 시절의 그 판정으로 내내 외톨이처럼 지내야 했다. 그의 가족이란 사람들은 '비정상'이라는 말을 몹시 두려워했다. 그는 더 이상 안의 서재에서 본 것을 말하지 않았고, 연구자가 되었다. 외로울 때마다 스스로 그럴 리가 없다고 생각했기에 외롭지 않았다. 하지만 문제는 외로움의 반대 감정이 생겼을 때 찾아왔다. 그가 유일하게 안의 서재에 대해 말하고픈 존재가 생겼을 때 그의 가족들은 단정하듯 말했다. "네가 사랑을 느낄 리가 없잖니." 그러나 모든 것이 끝나고도 기이하게 어떤 기억은 그를 집요하게 따라왔다. 그 유일한 존재와 걸었던 길, 나누었던 이야기, 함께했던 장소…….

그는 유일하게 자신에 대해 이야기하고 싶던 존재가 떠나고 나서야 그 이전의 삶으로는 돌아갈 수 없다는 걸 깨달았다. 그런데, 슬픔은 어쩌면 기회를 보고 있다가 한꺼번에 덤벼드는 걸까. 공교롭게도 그즈음 학계에서도 그는 이단자 취급을 받게 되었다. 모든 스트레스가 그를 관통했고 고군분투하는 몸엔 이제 사랑 대신 암세포가 자라고 있었다.

"그러니까 어차피 길게 나를 따라다니지 않아도 된다고. 사례는 충분히 하지. 우리 할아버지가 정권에 붙어서 돈을 좀 많이 벌어놨거든. 너도 알다시피 그 나라에 독재 정권이 좀 지독했잖아? 올림픽 할 때 낡은 집 밀어버리는 일 같은 것도 좀 따냈고. IMF 때는 금붙이를 잘 숨겨서 일본으로 빼돌리기도 했고 말이야. 하지만 이젠 나에겐 다 필요 없어. 나에게 필요한 건 배신자의 기록이니까."

루비가 보기에 인간은 참 기이했다. 이들은 언제나 죽음을 앞두고서야 진실을 궁금해한다. 무엇보다…… 인간들은 기억되길 바랐다. 누군가에게 자신이, 온전히 자신인 채로. 하지만 안타깝게도 루비가 해줄 수 있는 말이 없었다. 어쩐지, 욕심은 났다. 몇 개월의 짧은 시간과 통행증과 무수한 돈이라…….

"그리고 혹시 알아? 비손가 희손가가 할머니를 정말 사랑했다는 증거를 보게 될 수도 있는 거잖아?"

루비는 잠시나마 음악을 마음껏 듣고 글을 읽으며 따뜻한 맨션에서 겨울을 나는 상상을 했다. 아름답다고 할 수 있는 그런 상황들. 상상에 빠져 있던 루비는 그의 말에 고개를 들어 그를 바라봤다. 루비는 짧은 순간 아직 젊은 그에게 노인의 형상이 어려 있는

것을 보았다. 무엇이 그리 마음 아팠길래
죽음만을 기다리는 노인의 얼굴이 된 것일까.
루비는 그의 가족들이 했다는 그 말, 그러니까
그가 감정을 못 느끼는 인간이라는 병명을
일부러 뒤집어씌운 것일지도 모른다는 생각이
들었다. 그는 다른 인간들이 보지 못하는 걸
볼 수 있을지도 모른다. 그는 너무나도 안을
닮았으니까…….

분명 빛을 가득 머금고 온 인간이었는데,
루비는 순간 그에게서 빛만큼이나 어둡고 긴
그림자를 본 것만 같았다.

안의 손자는 잠시 아, 하더니 수 또한 함께
가야 한다고 덧붙였다. 어라, 그래서 옷을
저렇게? 이 망할 놈의……. 퍼뜩 루비가 고개를
들어 수를 흘겨보자, 수는 날개를 으쓱해
보였다. 듣자 하니 수는 이미 며칠 전부터

전철역 근처 숲에 유기된 채였다. 어쩐지 이전보다 호밀빵을 허겁지겁 먹더니, 루비는 한숨이 차올랐다. 수는 헛기침을 몇 번 하더니 입을 열었다.

"뭐, 나는 두 분만큼의 사연은 없습니다만. 루비는 알지도 모르지만 우리 하프드래곤들은 치매 환자 아니면 악마가 돼버려요. 근데 악마의 예지력을 막아주는 방법이 있다고 하네, 저 너머의 세계에."

죽을 때만큼은 좀 우아하게 죽고 싶네, 여러분들. 루비는 수의 눈에 눈물이 고이는 걸 보았다. 평생 누군가의 반려라고 하지만 과연 수가 반려 대접을 받았을까. 집 지키는 존재로나 부려먹혔을 뿐이었다. 물론 그 불행이 안의 손자에게는 루비의 정보를 알아낼 수 있는 천운이 되었다. 천운을 받은 안의 손자는 수를 구하기로 했다.

"나는 배신자가 아니니까."

아무래도 안의 손자는 누군가를 궁금해하면서도 닮지 않으려 발악하는 삶을 살았나 보다. 하아, 루비는 저절로 한숨이 새어 나왔다. 돈과 안온한 삶의 유혹에 너무 쉽게 넘어갔나 싶기도 했다. 하지만 통행증은 루비가 그토록 바라던, 존재를 증명받는 삶을 위해 꼭 필요한 게 아니던가. 그걸 위해 여태 손이 부르트도록 일했었다. 루비는 잠시 이마에 손을 짚었다가 안의 손자에게 물었다.

"그런데 이름이 뭔가요?"

"명이요. 목숨 명. 오래 살라고 붙인 이름답게 절명하게 되었지만. 뭐든 소망 그대로 배신하는 게 내 삶이라서."

독설이 콘셉트인가. 루비는 고개를 절레절레 저었고 수는 뭐가 그리 마음에 드는지 호탕한 젊은이라고 그를 도리어

치켜세웠다.

“그, 그래요, 뭐. 그런데 명, 궁금한 게 있는데……. 지금 우리는 연대하는 건가요? 그러니까 배, 배신…… 이 아니라 비소와 안의……. 아무튼 안과 비소의 사랑을 찾는 존재들의 연대 말이에요.”

그는 어깨를 으쓱했다.

“사랑? 그래요, 뭐. 사랑으로 둔갑하는 게 마음이 편하면 그렇게 부르든가. 어차피 사랑은 항상 배신을 수반하니까 뭐, 그렇다 치더라도 우리가 하는 게 연대는 아니죠.”

“그, 그럼 뭔데요? 함께 무언가를 하는 건데요.”

“당신 내가 조사한 바로는 유명한 인간 소설가인 척했다더니 지금은 언어능력이 상당히 퇴화되었나 보군요?”

루비는 저도 모르게 끄응 하는 소리를

냈다. 틀린 말이 아니라서 그랬을지도 모르겠다. 다소 못마땅한 표정의 루비와 아까부터 어느새 자리를 차지하고 앉아 텔레비전을 보고 있는 수를 바라보던 명이 다시 입을 열었다.

"연합이죠."

"네? 뭐라고요?"

"같은 목적을 향해 인간들이 잠시 같은 편인 척하는 그거요. 사랑만큼이나 배신을 내포하는 그거요."

배신이라는 말에 끙, 하면서도 그제야 루비도 고개를 천천히 끄덕였다. 그래, 어쩌면 그편이 더 솔직한 것일지도 모르겠다. 루비와 명, 그리고 텔레비전을 보던 수가 동시에 중얼거렸다.

"사랑과 연합, 이로군요."

그 순간 셋은 동시에 서로를 바라봤다.

드디어 온전해진, 사랑과 그 기억을 향한

절반의 존재들이 이룬 연합의 형태를 말이다.

작가의 말

고등학교 시절까지 나는 외계 종족을 찾아나서곤 했다. 이유는 간단했다. 있는 그대로의 나를 이해하는 존재를 만나보고 싶다, 그거 하나였다.

그리하여 여전히 나는,

자신의 눈에 보기 싫은 것들을 항상 치우거나 가리고는 아름답다고 말하는 인간들처럼 살고 싶지 않았지만, 한편으로는 그렇게 살아가고 있었다. 그래서 대신 소설로 '도전'해보기로 했다. 솔직한 낙관을 위해 거짓 행복을 말하는 대신 진짜 슬픔을 말해보기로 했다. 소설 속에서 이 세계를 가장 바로 보는 존재인 하프엘프들의 이름에 '슬픔'이 들어가는 전통을 생각해낸 것 또한 그런 이유에서였다. 작은 슬픔이 눈물 흘리는 슬픔이 되는 것처럼 거짓 미소 대신 눈물을 보이는 솔직한 용기를 내보고자 하는 마음이었다. 그러니 이 소설은 역사 모험 판타지라는 거대한 말 대신 자신에게 솔직하고 싶고, 그 솔직한 민낯을 드러냈을 때도 여전히 자신을 사랑해주는 존재를 찾아나서는 불완전한 존재들의 모험기라고 말해주었으면 한다. 적어도 내가 평생 해왔던 모험 어딘가에는 나를 진짜 이해해주는 누군가가 있지 않을까? 그것이 비록 인간이 아니어도. 이런 마음으로 시작한 소설이다.

이 소설의 인물들은 내가 썼던 인물 중에 가장 많은 슬픔을 가지고 있는 것 같다. '잔혹한 낙관주의'가 아닌 진짜 '낙관'을 희망하지만 언제나 낙관이 없는 존재들인 것처럼…… 항상 시계를 확인하는 행복하지 않은 사람들인 것처럼…… 그럼에도 불구하고 언제나 이 세계를 위해 투쟁하고 사유하고 낙관을 말하는 그런 사람들인 것처럼…….

이 인물들이 모험의 끝에서는 결국 진짜 행복, 아니 슬픔, 아니 그 무언가, 있는 그대로의 자신을 내보여도 사랑해주는 그 무언가를 찾아내리라 믿는다.

2024년 가을

한정현

한정현 작가 인터뷰

Q. 이 소설을 한마디로 정의하자면 '작가 한정현이 최초로 시도하는 모험 판타지'의 (거대한) 서장이라고 할 수 있을 텐데요. 어떻게 이 소설을 구상하게 되셨을지 궁금합니다. 특별한 계기나, 결정적인 영감이 있다면 무엇이었을까요? 더불어 가장 좋아하셨던 모험 판타지 소설도 소개해주세요.

A. 구상하게 된 계기는 모험 판타지를 읽고 싶다! 라는 순수한 독자의 마음이었어요. 어릴 적부터 판타지를 진짜 좋아했는데, 그것도 모험 판타지를요. 제가 느린 독자라 그런지 최근에 잘 보지 못한 것 같아서…… 그렇다면 내가 다시 써보자! 했죠. 어릴 때 판타지 소설을 너무 좋아하다 직접 쓴 적이 있어서 호기롭게 시작했죠. 그런데 역시

저는 역사소설을 좋아하니까, 역사 모험 판타지 소설이 되어버렸네요. 그리고 저는 진짜 궁금했거든요. 인간이야 유한한 삶을 사니까 기억이나 기록에 집착하지만 오랜 세월을 견뎌야 하는 존재들에게 기록과 기억, 시간이란 뭘까 하는 것 말이에요. 기억이나 기록도 어찌 보면 모두 인간 중심적인 사고거든요. 외부 존재가 보는 인간의 역사는 어떨까 싶었어요. 또 하나는, 기록과 기억처럼 우리가 당연하게 생각하는 게 모두 뒤틀린 세계라면? 예쁜 외모로 소비되는 엘프가 사실은 노파의 모습이라면, 영물인 드래곤이 치매에 노출되어 포악해진다면, 흔히 인간이 인간다움의 중점으로 꼽는 '감정'이 배제된 인간이 있다면, 사랑이라는 게 축복이 아닌 저주라면……. 그런데 그게 뒤틀린 세계가 아니라 사실은 우리가 제대로 보길 거부한,

진짜 세계라면. 이런 생각을 하며 만든 세계관이에요.

제가 입문했던 모험 판타지는 《하얀 로냐프 강》이었고, 여전히 명작이라 생각하는 건 《드래곤 라자》와 《퓨처워커》이고요. 그냥 감정적으로 몰입했던 소설은 《태양의 탑》이에요. 아실 분들은 아시겠지만 미완성작입니다. 또 민소영 작가님의 《창백한 말》도 추천합니다.

Q. 이 소설은 '타 종족과의 교배'를 통해 태어난 초현실적 존재들을 현실적인 공간에 데려다 놓고, 다른 누구도 아닌 우리의 역사를 돌아보게 해요. 주요 인물들의 공통 키워드인 '여성사와 퀴어사'도 현실과 어느 정도는 궤를 함께하고 있고요. 세계관을 처음부터 끝까지 축조하는 것이 일반적인 판타지 장르에서는 드문 시도라고 느껴집니다. 이것은 작가님의 관심사와도 연결되어 있을까요? 역사를 탐구하실 때 어떤 지점에 흥미를 느끼시는지도 궁금합니다.

A. 저는 사실 여성이라고 해도 이름이 알려진 여성 인물은 소설에 등장시키지 않는데요. 어떤 사건이나 인물을 발굴해서 팩트를 체크한 뒤 일련의 계보를 만드는 것이 사학에서 할 일이라고 생각해요. 물론 최근엔

사학도 그 방법론이 과거와 달라졌다는 걸 잘 알고 있습니다. 미시사와 개인사가 더 많이 다뤄지니까요. 다만 그럼에도 문학 안에서의 역사와 공적인 학문으로서의 역사는 방식과 목적이 좀 다른 것 같아요. 달라야만 한다고 생각해요. 문학 속에서 역사는 분명 존재하지만 사료로 굳이 남겨놔야 할 만한 이유를 찾을 수 없는 인물들, 혹은 존재했다는 추측만 가능한 아주 작은 인물들의 삶 또한 크게 만들어서 보여줄 수 있는 수단이라고 생각해요. 예를 들자면 제가 평생 유관순의 삶을 쓸 일은…… 정말 존경받아야 마땅한 인물이지만, 아마 없지 않을까 싶어요. 반대로 유관순 옆을 지나가던 한 사람을 확대해서 보여주고 싶은 욕망은 있어요. 문학을 이야기하면서 바흐친의 카니발 이론을 가져오는 것이 저에게도 유효한데요.

카니발은 중세에 유일하게 왕과 노예가 같은 땅 위에 설 수 있는 날이었죠. 문학과 역사는 제게 그런 개념으로 느껴져요. 역사와 개인이 불가분의 관계이고 떼어낼 수 없다면…… 저에게는 딱 카니발, 가능성 그 자체입니다.

Q. 이 소설에는 전반적으로 인간이라는 한 종족에 대한 냉소가 짙게 녹아들어 있어요. 아무래도 화자인 '루비'의 시각 때문이겠죠. 한편 루비처럼 인간을 피하지 않고, 의심 없이 사랑하며 의지하는 '비소'도 있어요. 비소의 선택이 드러날 때마다 이 어두운 시절의 한 귀퉁이가 환히 밝아지는 것 같다고 해야 할까요? "사랑이 이긴다!" 하는 외침이 어디선가 자꾸 들려와요. 천 년의 수명을 짊어지고 모진 시간을 견딘 비소가 염세주의에 빠지지 않고, 항상 사랑을 선택할 수 있는 원동력은 어디에서 오는 걸까요?

A. 비소나 루비나 저를 반으로 쪼갠 캐릭터인데요(웃음). 이건 최애의 개념과 비슷하다고 생각해요. 좋아하는 게 있으면 사는 게 너무 수월해요. 좋아하는 게 있다는

건 기대감이 생기는 거니까요. 저는 비소가
인간을 아이돌처럼 좋아한다고 생각했어요.
살고 싶어서, 본인이 살고 싶어서요. 좋아하는
게 없으면 지루하니까요. 그렇게 좋아하다
보면 처음과 달리 전체가 되고 전부가
되기도 하거든요. 루비는 인간 대신 인간의
언어를 좋아했을 뿐이고요. 그러니까 사실
둘 다 비슷한 거죠. 기본적으로 저는 인간을
하루라도 살게 하는 것은 어떤 대상인지를
불문하고 좋아하는 마음이라고 생각해요.
사랑이요. 그 사랑이 진실되냐 그렇지 않냐는
중요하지 않고요. 그건 솔직히 본인만 안다고
봅니다.

Q. '대서사시'의 시작점이 되는 이야기가 으레 그렇듯이, 소설 속 주인공들도 밀도 높고 격정적인 과거를 가지고 있어요. 노인의 외형으로 태어나 멸시를 견디며 인간의 언어로 소설을 써온 루비, 부나방처럼 사랑에 뛰어드는 비소, 나이 들어 반려인으로부터 버려질 위기에 처한 수, 운석처럼 하프엘프들의 인생에 나타난 기록자 안, 시한부의 삶을 짊어진 명까지……. (비소부터 시작하면) 거의 2천 년에 달하는 타임라인과 등장인물들의 빈틈없는 서사를 다루실 때 특별히 주의를 기울이시는 부분이 있다면 무엇일까요?

A. 사실 마음 같아선 진짜 다 다루고 싶지만, 한국 현대사에 집중하려고 해요. 안과 비소가 얽혀 있는 특정 사건에 집중해서

이야기를 전개하려고 해요. 모든 역사를 한 번 쓱 다루고 싶은 것은 저의 욕심일 듯해서요. 이건 또 다른 누군가가 해주겠지, 하는 마음을 품고서 가봅니다.

Q. 위의 질문에서 슬쩍 언급되었는데, 이 소설은 말 그대로 "0장", 무한한 가능성을 품은 이야기의 시작점이에요. 한 단계 더 진화할 운명을 가진 단편소설이라는 뜻이기도 하죠. "0장"에서 "1장"으로, 또 그다음 장으로 루비와 명과 수의 모험이 펼쳐질 때 가장 기대되고, 보고 싶으신 장면은 무엇일까요? 조금만 스포해주세요!

A. 보시면 아시겠지만 명의 죽음이 이미 예고되어 있는데요. 사실 이 명의 죽음에는 루비는 전혀 모르는 비소의 개인사가 개입되어 있답니다. 과연 이 사실을 알게 되었을 때 루비는 어떤 선택을 할지 작가인 저도 궁금하네요(웃음). 인간에게 절대 피할 수 없는 것이 죽음이라면, 사실 하프엘프에게는 가장 원하는 것이 죽음이기도

해요. 인간은 자연의 존재들에 비해 턱없이 짧은 생을 살기 때문에 기억이나 기록에 집착하잖아요. 하지만 하프엘프는 너무 오래 사니까 그 모든 걸 지켜봐야 해서 마음이 힘든 거고요. 루비와 명의 관계가 어떻게 되느냐에 따라 한 사람의 죽음이 루비의 삶에 큰 슬픔이 될 수도, 또 아닐 수도 있을 거예요. 둘의 관계성이 앞으로 어떻게 바뀔지, 사랑을 냉소하던 루비는 과연 진짜 사랑이라는 것을 알게 될지, 사랑을 알게 되는 순간 죽음이라는 것이 어떤 식으로 이들에게 발휘될지 저도 궁금해요. 루비가 명의 죽음 이후에 삶을 계속 이어나갈지도 궁금합니다. 또 지금은 좀 자기 잘난 맛에 사는 척하지만 내심 모든 게 불안한 명이 루비의 단단한 내면을 통해 (제가 생각하는) 진짜 인간이 될지, 이 모든 것이 저도 궁금합니다!

한 조각의 문학, 위픽 wefic

구병모 《파쇄》
이희주 《마유미》
윤자영 《할매 떡볶이 레시피》
박소연 《북적대지만 은밀하게》
김기창 《크리스마스이브의 방문객》
이종산 《블루마블》
곽재식 《우주 대전의 끝》
김동식 《백 명 버튼》
배예람 《물 밑에 계시리라》
이소호 《나의 미치광이 이웃》
오한기 《나의 즐거운 육아 일기》
조예은 《만조를 기다리며》
도진기 《애니》
박솔뫼 《극동의 여자 친구들》
정혜윤 《마음 편해지고 싶은 사람들을 위한 워크숍》
황모과 《10초는 영원히》
김희선 《삼척, 불멸》
최정화 《봇로스 리포트》
정해연 《모델》
정이담 《환생꽃》
문지혁 《크리스마스 캐러셀》
김목인 《마르셀 아코디언 클럽》
전건우 《앙심》
최양선 《그림자 나비》
이하진 《확률의 무덤》
은모든 《감미롭고 간절한》
이유리 《잠이 오나요》
심너울 《이런, 우리 엄마가 우주선을 유괴했어요》
최현숙 《창신동 여자》
연여름 《2학기 한정 도서부》
서미애 《나의 여자 친구》
김원영 《우리의 클라이밍》
정지돈 《현대적이라고 말할 수 없는 죽음들》

이서수 《첫사랑이 언니에게 남긴 것》
이경희 《매듭 정리》
송경아 《무지개나래 반려동물 납골당》
현호정 《삼색도》
김 현 《고유한 형태》
이민진 《무칭》
김이환 《더 나은 인간》
안 담 《소녀는 따로 자란다》
조현아 《밥줄광대놀음》
김효인 《새로고침》
전혜진 《고르디우스의 매듭을 자르면》
김청귤 《제습기 다이어트》
최의택 《논터널링》
김유담 《스페이스 M》
전삼혜 《나름에게 가는 길》
최진영 《오로라》
이혁진 《단단하고 녹슬지 않는》
강화길 《영희와 제임스》
이문영 《루카스》
현찬양 《인현왕후의 회빙환을 위하여》
차현지 《다다른 날들》
김성중 《두더지 인간》
김서해 《라비우와 링과》
임선우 《0000》
듀 나 《바리》
한유리 《불멸의 인절미》
한정현 《사랑과 연합 0장》
위수정 《칠면조가 숨어 있어》
천희란 《작가의 말》
정보라 《창문》

위픽은 위즈덤하우스의 단편소설 시리즈입니다.
'단 한 편의 이야기'를 깊게 호흡하는
특별한 경험을 선사합니다.

이 작은 조각이 당신의 세계를 넓혀줄
새로운 한 조각이 되기를.
작은 조각 하나하나가 모여
당신의 이야기가 되기를.

당신의 가슴에 깊이 새겨질
한 조각의 문학, 위픽

위픽 뉴스레터 구독하기
인스타그램 @wefic_book

사랑과 연합 0장

초판 1쇄 인쇄 2024년 8월 26일
초판 1쇄 발행 2024년 9월 11일

지은이 한정현
펴낸이 최순영

출판2 본부장 박태근
스토리 독자 팀장 김소연
편집 곽선희 김해지 이은정
디자인 이세호

펴낸곳 ㈜위즈덤하우스 **출판등록** 2000년 5월 23일 제13-1071호
주소 서울특별시 마포구 양화로 19 합정오피스빌딩 17층
전화 02) 2179-5600 **홈페이지** www.wisdomhouse.co.kr

ISBN 979-11-7171-710-1 04810
979-11-6812-700-5 (세트)

값 13,000원